Ainda me faltam dias
Hanny Saraiva

cacha
lote

Ainda me faltam dias
Hanny Saraiva

Quando atravessei o portão, o fantasma de minha avó se dependurou em meu ombro.

Estou de olho
nessa
patifaria.

Senti um arrepio que vinha da ponta do pé até o fio de cabelo, aquele branco, o único.

seguido de um leve tremer nas pálpebras

Ela sabia.

Eu tinha acabado de terminar com Helena, havia sido ex de João há exatos 2 anos e

    estava grávida
             de alguém
                        que não me lembro.

Adentrei a velha casa amarela de minha avó. Eu, minhas duas décadas e um punhado de coisas que coçava a pele.

Quantos segredos tinha minha existência? Ela nunca poderia me responder, pois não estava mais ali. Mas eu sim. Carregando sua herança. Sussurrando desesperos. Prestes a pedir dinheiro a quem me negava auxílio diário.

— Pai, não é muito.

— Mas é alguma coisa. Quando você vai começar a trabalhar? Não foi Letras que fez, já não deveria dar aula?

— Eu não fiz licenciatura.

— E por que não fez?

— Porque eu não quero dar aula.

Passou as mãos na calça de alfaiataria, que para ele nunca saiu de moda. Sempre prestei atenção em seus dedos, que agora tinham pintas em mais de 50% das mãos, em como estalava o polegar toda vez que se sentia desconfortável, ou como seu mindinho balançava cada vez que ouvia minha voz.

— Mas teria dinheiro se desse. Estabilidade, Flora.

— Falou aquele que ainda mora na casa da mãe.

Qual dedo representa nossa dor?

O indicador.

Mandão.

Pai de todos.

Fura-bolo.

Mata-piolho.

Mas ele não respondeu, apenas abriu a carteira e tirou uma nota de 100, como se minha vida fosse uma prova e eu estivesse prestes a repetir de ano.

— Isso dá?

— Um pouco mais.

— Mas pra quê você quer isso, Flora?

O dedo do meio. Minha liberdade.

— Pra resolver umas pendências.

— Você tá com nome sujo?

– Não, pai.

Silêncio entre os anelares. Seria tão fácil casar. Se eu soubesse com quem. Volto àquela noite. Eu, o pai da criança que decidi não perguntar o nome porque homem… era apenas um homem. Ou menino. Ou guri. Ou garoto. Ou biologicamente apto a reproduzir.

E eu, vacância.

Não tinha como ter aquele bebê.

Um choro guardado no íntimo toda vez que eu olhava para o meu pai era sinônimo de raiva dominante. Um asco à dependência materna. Se minha avó tivesse expulsado o filho de casa enquanto podia não estaríamos aqui. Ele, naquela cadeira de anos que minha avó antes ocupava; eu, fora do lar porque não aguentava vê-lo. E essa dor latente que atravessa minha prole seria ponto final.

Se a gente tivesse conversado entre verões.
Se pudéssemos voltar àquele jogo de futebol onde o Botafogo era campeão.
Se ele me concedesse um bailarico no coração
e eu conseguisse ser voz alta, além de banjo e pesar.
Talvez.
Talvez.
A gente crescesse.

Ele me olhava e eu era sombra atrás de outono. Não olhei para meu pai. Ele abriu a carteira novamente e me deu mais duas notas.
– Não tenho mais que isso.
Então tínhamos um oceano. Ele nadando no Atlântico, e eu no Mar Morto. Boiando para não me perder. Sanguínea porque tinha ascendente em signo de fogo. Dentro de mim um ciclo celeste e aquele bebê

                                              já vivo,
                              um pedaço de sol lá mi dó.

Tentei esboçar um meio-sorriso, meu pai me olhando como se minha alma não tivesse mais cor. Seus dedos do pé encolhidos como se reclusão pudesse ser nossa saída.
                    e aquele bebê
           flu tu a n te em mim, como aurora.

– Obrigada.
E então ele, brutal soturno:
– Não quero que venha mais aqui.

                    e aquele bebê
            solto – preso – broto – cativo.

Sou piscar em câmera lenta. Tristeza arrastada. Filha única. Rasgo as notas uma por uma.
Grito segredos. Cuspo silêncios. Vomito, violenta.

                    e aquele bebê
                     ainda vive.

A casa da minha avó é o símbolo do meu lar. A árvore de romã que impera no quintal dos fundos foi plantada há mais de 60 anos, quando meu avô veio de longe e a colocou ali para curar gargantas. Mal ele sabia que gritaríamos tanto caladas e que precisaríamos tanto do fruto.

A casa amarela que se desbota com os anos é minha vivenda. Minha memória de reino. De aconchego que se foi porque caí num buraco e não sei como voltar.

Quando minha avó partiu num dia quente de verão, meu pai entrou no local como príncipe terreno. E eu, formiga filhote, não sabia que além de perder minha referência familiar também perderia minha morada.

Eu que tanto perdi;
ali sentei no chão de cimento.

Meu pai
na porta
esperando
esperando
o que não vem.

Disse adeus ao terreno ancião tocando no pé de romã. Relembrando minhas lavadeiras que prendia com linha e pregador.

Os alimentos avoengos que abandonei porque não tinha mais antecessora.

meu pai na porta
berrando
se esgoelando
o dinheiro picotado
meus dedos enrijecidos

e o bebê vivo em mim.

Ele, descontente, me segurou o braço esquerdo.
Os dedos que se fecharam,
dobraram
me gastaram segundos
até eu entender
que ele me queria
                                                longe.
e eu era perto, aqui.

Você é a cara da sua mãe.
Aquela puta.

Sou vento que estremece esse romã em dia de domingo. Seguro nos galhos finos e me balanço, sorrindo para o meu futuro como se tivesse certeza que teria casca e doçura, não garganta e pus.
    Eu sou minha ex-mãe
              que também foi embora
                        numa terça-feira de lua cheia.

Você é covarde, me disse Helena.
Podre, rugiu João.
Ingrata, meu pai enfatizou.

    carrego um caminho crescente de perjúrios

Ainda estou na frente do romã, meu pai ao meu lado, agora me agarrando pelos dois braços. Eu, longe, lá onde podia ver além.

Meu pai aperta tanto minha pele frouxa, sinto o rasgar feito pela unha dura dele, aquela que ele usa para tocar violão, ou usava quando ainda havia o jogo do Botafogo e gritávamos Gol para a televisão, balançando a bandeira com fé e coração.

e aí sinto sangrar. um filete.

Espero que o bebê se vá, mas ele permanece.

Pulsa.

Meu pai solta meus braços quando o sangue escorre. Passa as mãos nos cabelos e grita mais duas coisas.
Vejo quando minha avó desliga a bomba d'água e diz:

Flora, vai lá descascar uma maçã pra mim?

E eu sigo fantasmas, porque meu pai entrou.

arfo.

tenho 5 anos.
sei contar de 1 a 100, mas finjo que sei apenas até 50.
quero ver meu pai colocar palitos de fósforo em cima da tampa da cisterna.

não quero soluçar.

tenho 7 anos.
sei todos os planetas, mas simulo que só sei coisa da Terra.
quero ver meu pai desenhar Mercúrio com giz branco.

inspiro. expiro.

estou ainda na porta da cozinha da minha avó.
tenho uma garganta inflamada de passado.
Meu pai parou de gritar,
                está perto do fogão.
Acendeu uma boca e parece que algo está em ebulição.

Se eu pegasse sua mão e fervesse sua pele
você entenderia que meu dinheiro não nasce em árvore?

gotejo
       sinto lágrimas persistentes
mas não quero que elas desçam
porque ainda espero meu pai desenhar Urano.

Desculpa.
Um sussurro.
Minha voz não é forte, parece mais uma cacofonia.

Sou uma hipótese. Ele, concreto.

Nós dois riscados por meios-fios.

O quê?

Ele bufa.
O rei da selva. Por que estou aqui mesmo?

= duas listras =

+ positivo.

Quantas vezes quis chorar quando meu pai não apareceu no dia combinado? Quantos rios existem no mundo? O que eu aguardava nas tardes de domingo quando tinha dormência nas nádegas de tanto esperar? O que acontece quando ficamos sentadas por horas, fazendo xixi nas calças, aguardando?

Assaduras. A pele inflamada. Vermelha. Irritação. Calor. Umidade. Acidez. Minha avó com um bolinho me dizendo para entrar e trocar de roupa.

Mas por quê, vó? Eu vou sair.

O mundo lá fora. Eu querendo caminhos externos, mas tendo apenas assaduras. O que eu achava que encontraria?

A montanha-russa.
O carrinho bate-bate.
A roda-gigante.
O minhocão.
A xícara.
O algodão-doce.
Eu, açúcar com anilina derretida,
uma garotinha esperando o
                    pai (?).

Não tem como te desculpar, Flora. Você não é mais criança.

    Criança. Não, não quero ter uma. Por favor, vamos mudar de assunto. Não quero. Minha mão enrijece. Tenho ânsia. Corro para o banheiro. Será que a criança sairia pela boca? Comprimo minha barriga com força.
Não quero.
Sinto que virá.
Não quero.
Será agora?
Não quero.
A calça jeans aperta, mas não afrouxo um centímetro.
Não quero.

Dou um pequeno murro abaixo do umbigo.
Quero usar mais força, mas não tenho coragem.

Não há espaço para criança aqui.

Então ela me responde.
Em jatos.
Todo meu conteúdo empurrado para fora.
Ao avesso, circulando.
Essa pequena já tem o punho cerrado.
Pequena?

Meu pai esmurrou a porta do banheiro quando eu tinha uns quatorze anos. Alguém da vizinhança tinha comentado que me vira entrar no banheiro
>>> com uma garota.

Tínhamos nascido no mesmo dia, mas ela só tinha 13. Era de outra cidade, estava ali para passar o feriado com a tia. A tia, sorridente, me apresentou a sobrinha e logo depois falou: *Vá brincar com sua amiguinha.*

Então lá eu estava a brincar, meu piercing na língua explorando cada cavidade da garota. Acho que seu nome tinha A.

Vendo que a porta não abria, meu pai tentou um chute. A menina se assustou e começou a ficar tensa. *Não é nada, ele vai embora*, eu disse.

Tentei uma lambida a mais; a menina se esquivou.

Tá silêncio.

Viu? Ele já foi. Movimentos em sua orelha. Um barulho estrondoso.

Tudo claro demais.

Meu pai, aquele homem que se dizia respeitado na vizinhança, derrubou a porta com um machado. Quem empresta machado para pessoa em fúria?

A menina encolhida. Tudo tremendo. Eu, ela, a porta?

Meu pai, aos berros, um puxão pelos cabelos.

A rua cheia. De homens.

A calçada lotada. De mulheres.

Onde estava mesmo a menina?

Meu pai, meus cabelos e uma tontura.

Talvez ele não esteja tão brabo assim.

Foi a primeira vez que desmaiei.

Nos dias em que eu era grito,
    entrava na casa de vó com os pés descalços,
    coração em tombos
    e ela me virava brisa
    com um sorriso fechado e um colo em chão frio.
    Me cantarolava seus hits
    – tinha o dom de calmaria;
    fazia círculos no lóbulo de minha orelha.

Me trazia manto
– o calor de suas mãos em minha bochecha.

Abria cortina em tempo fechado.

Então eu, que era combustão,
me transformava em maré de afeto

intercalando

sentido

e o que devora o peito.

minha avó era minha seiva
tronco e raiz

às vezes, quando me sinto árvore

lembro de sua voz rouca, persistente:

Você é floresta de verão, não adianta procurar bosques.

essa capacidade de manter doçura
às vezes me vem.

Eu apago em situações de estresse

    mas sempre encontro vestígios.

                                         uma faca no banheiro.

    meu pai que vê TV.

tem um risco na palma da minha mão.

e mais uma pilha de dinheiro ao meu lado.

Levanto do chão. Meu pai troca de canal. Parece que o que me cortou já está em processo de cura há dias. A linha está fina, porém dolorida. Não me lembro.

Pego o dinheiro e olho para meu pai. Ele não me olha de volta. O telefone toca. Ele atende. Fico parada olhando para o programa que ele assiste. Um documentário sobre presas.

É pra você, Flora.

Eu desvio o olhar da TV para ele me passando o fone. Sim, ele tem um aparelho antigo. Por que eu tenho que atender mesmo? Às vezes volto com lapsos de memória curta. Ele insiste, me passa o fio.

Por que tenho tanto dinheiro comigo? – pergunto.

Agarro o fone.

Você vai embora. De vez. Amanhã. – Ele me responde.

Fico muda. Alguém do outro lado da linha me pergunta se quero ajudar a APAE.

Quem ajuda fica com o quê?
E quem é ajudado vai para onde?

Sua presença é insuportável.

– Ele me disse.

estava sol com céu azul, belo domingo.

Sei que tenho a capacidade de matar. Já alimentei diversas maneiras de eliminar meu pai. Desde veneno de rato a furar o ouvido direito com um salto fino, uma morte vista num filme. A pancada que atinge o cérebro. Silenciosa. Outras vezes me vejo estrangulando-o como em uma peça teatral. Mas o que faria com o corpo?

As pessoas do Ocidente sempre conseguem sair ilesas.

O que me estraçalha o coração é a culpa que vem depois. O caule familiar perfeito me assombra.

Sou perseguida por espectros de quando ele me levava nos ombros e eu balançava a bandeira botafoguense, ou quando me fez um trem silábico e eu fingia que não sabia ler para ver sua reação de ter uma filha alfabetizada aos quatro anos de idade.

Como fantasmas são banidos? Eles se penduram e nos acompanham por uma vida inteira. Mesmo quando desmaio e volto confusa, eles estão lá. Mais presentes do que meu próprio sangue. Mais vivos do que esse próprio bebê.

Levarei meu ventre para uma rezadeira?
Tentarei drogas?
Usarei um salto para perfurar minha alma?

Esse bebê está em meu limbo.

Eu e meu pai temos uma vida de silêncios preenchidos. Nessas horas tudo parece evocar nossos segredos. Ele espera agitação. Eu, observação sonora. O mundo a rodar, com gravidade, todos nós equilibrados em um planeta de pássaros e suas revoadas; me perco na salinidade da minha boca, nesse zumzum de aves lá fora que insisto em notar, mesmo que entre nós exista o vácuo.

Mas ele também olha para cima e ficamos os dois mudos, discretos, em reticência porque volto ao quintal e fico apenas com a cabeça para cima, querendo atingir o céu, na ponta dos pés.

Estou de volta ao quintal da vó.
Ele está do meu lado.
Nós dois serenos até que os pássaros se debandem.
Pai.
Ele não responde.
Acho que são urubus.
O nosso segredo.
Eu olho para suas mãos.
Ele as fecha.
Então sinto o murro na coxa, e tombo; dessa vez será rouxidão.

Aprendi a me maquiar aos 12, mas nunca suportei o roxo. Dizem que algumas cores não combinam com nosso tom e violeta era minha cor detestável. Lembrava morte e decomposição, nunca espiritualidade e transmutação.

Aprendi a escondê-la em luas cheias, e culpei signos e infernos astrais pela predominância em minha pele. Era tão boa em disfarces que cheguei aos 14 ganhando um concurso de maquiagem de zumbi.

eu, morta-viva, premiada.

às vezes minha mãe reaparece para mim.
    ouço seu cantar
        seu sorriso às vezes batom vermelho
            às vezes dente em sangue
ela sempre retorna depois dos roxos presentes
sussurra para eu fugir
me debandar com as passarinhas

eu sempre respondo que não posso deixar a vó

só eu e mãe sabemos
que no dia que ela foi embora seu olhar cruzou com o meu
e eu compreendia todas as dores, mesmo sendo tão baixinha.
só eu e ela sabemos
todas as nuances do avermelhado em nossa vida.

mas quando ela manda eu correr, paraliso.

Não posso, mãe.

E volto para os arroxeados do pai, como menina em furta-cor.

cambiante.

alterada conforme a luz se projeta sobre mim.

Por que não posso?

Mas eu já fui embora várias vezes, mãe.

E voltei.
Pra enterro, pra pedir, pra ter certeza que o pai ainda estava aqui, respirando, com saúde, de bordô a vermelho-laranja.

Eu volto para me buscar, tirar aquela menina da espera, para vê-lo e ter coragem de pedir um abraço, para desbotar minha cor, me arrebentar.

Entender por que muitas vezes ficamos para trás, por que caminhamos tanto e voltamos ao mesmo ponto de origem.

Você tem o mundo, minha vó me dizia.
Minha mãe sempre concordando, invisível como guardiã do tempo.

Eu regresso, sou devolução, um ponto e vírgula querendo reticências em uma oração subordinada e meu pai uma exclamação em oração coordenada sem exercer função sintática.

Não consigo ir embora, arrumo um jeito de dizer para ele, com soluços entalados.

Ele aperta as mãos e, em anos, ouço pela primeira vez uma palavra depois dessa rouxidão toda.

Eu sei.

Pai, posso te abraçar?
　Ele não responde.

Pai?

tem gente que não deveria ser.

pai?

Não sei como meu pai e minha mãe se conheceram, mas minha avó dizia que era como um conto de fadas, que nem ela nem meu avô eram tão grudados assim.

Não sei quando esse ponto de amor saiu da curva porque não me lembro de nada disso.

Talvez o amor comece rosa e depois vá abraçando as variedades do vermelho até se transformar em cor própria ou no nada. Talvez nunca tenha existido e seja apenas uma memória de fantasia da minha vó.

Não sei.

Você sai dos eixos, me irrita. Não te quero mal, Flora. Mas é impossível conviver com você.

Silencioso é o *ventre* da *gestação*.

Pai...

des

culpa

E ele segura minha mão por três segundos.

o máximo de apoio nesses dias.

Quantas vezes me calei enquanto você era verborragia?
Conta de matemática, multiplicação em todos os ambientes que pisei, onde havia homens em eloquência e eu ponto de interrogação, aguardando sentença e só conseguindo reticências.
Seria você o culpado, pai?
Se quero ser voz grave, não há espaço para timbre agudo.
Se quero o plural, não posso segurar o singular.
Mas por que me calo se há em mim o mundo?
Por que abaixo a cabeça se esses homens que se dizem potentes no periférico retratam essa estranheza de não me deixarem soltar a voz, eu,
tão sabiá-laranjeira no meio de corujas?

Nenéns resmungam
        como meu eu antigo.

e esse útero que lateja,
        grita.

minha palavra arrebenta esse bebê
como todos os masculinos que me emudeceram.

A gente tinha uma vizinha que de vez em quando se convidava para entrar em nossa casa. Ela fazia isso sempre quando eu estava sozinha. Tínhamos o costume de ver as lagartas caídas, buscando abrigo e sol. Em meados de alguma primavera antiga, entrou em casa meio estranha, como se tivesse com outra cor, mas eu não sabia identificar o tom, e como árvore em processo de desfalecimento, me disse:

Ser forte me adoece.

Eu, que só tinha uma década e mais dois anos, não perguntei o porquê.

Não tem que ser duro, ela me disse.

Eu até queria perguntar o quê ou como. Mas apenas olhei para ela. Não me lembro de seu rosto, mas ela tinha voz de décadas de cigarro e um cheiro de xixi nas calças com talco para disfarce.

Não quero ser presa por minha dor.

Lembro de ter balançado a cabeça e imaginado quantas dores se carrega pela vida e se ela estava falando do ontem, do hoje ou do que a aguardava pelas esquinas que atravessava toda vez que faltava comida em casa.

Mas nós duas, ela principalmente, nos sentávamos no chão de ladrilhos vermelhos que ligava nossa casa à dela, e ficávamos lá, criando memórias, vendo futuras borboletas que ainda se arrastavam. A gente colocava folhas do pé de jasmin-manga da casa de vó e as lagartas comiam os pequenos pedaços.

Essa é a imagem que me vem aos olhos toda vez que sinto cheiro de talco ou jasmin-manga. Não quero carregar as angústias que acamam.

Quero apenas lagartas comendo folhas.

O tanto de lembranças penduradas na gente; como se agarram?

No dia que minha avó morreu a vida corria. Mas só me lembro de que antes havia tomado café da manhã na padaria com o padre da minha adolescência. Ele, do lado de lá, bebia seu café sem açúcar, em pé, a aliança com Cristo reluzindo. Eu, do lado de cá, devorava um pingado com pastel de Belém sentada no canto.

Meu pai antes da missa sempre pedia café, um maço de cigarros e um pastel de Belém.

Quando me levantei para pedir um maço de cigarros, o padre também se dirigiu ao caixa. Sorri.

O senhor primeiro, padre.

Ele sorriu de volta e passou à minha frente.

Perdoa o pai.

Ele tinha sussurrado? Ou minha mente matinal estava confusa? Minha vó dizia que não podíamos questionar o padre, mas eu queria ter certeza do que ele tinha me dito.

O que disse, padre?

Quase agarrei seus braços porque almejava repetição, mas um singelo sorriso me encontrou e congelei, sem conseguir dar um passo.

A paz de Cristo.

Foi um segundo secular, desses que se arrastam dentro do cérebro e você não sabe muito bem o que acontece, mas é como se tivesse sido inundada por águas profundas e estivesse saindo desse mergulho meio perdida.

Próximo.

Olhei para a caixa-moça sem me recordar muito bem o que queria, depois olhei para o padre e por alguns segundos vi Oxalá imperando na padaria e todo o resto era seu reinado.

Pisquei. Bem-vindo, princípio do fim e da morte.

Às vezes quando quero buscar algo bonito em mim pego a fotografia da minha mãe.

Quando Caio me pediu em namoro fui ao álbum e lá estava ela, rindo, me segurando ao lado de uma estátua de algum líder que desconheço e seu sorriso aberto me remetia ao tipo de batom que uso, mas não sei se é sua cor preferida.

Às vezes quando sinto saudade de algo que não tive, volto às fotos e percorro o pretérito mais-que-perfeito.

O meu indicativo.

    dividira
cumprira
findara.

    eu incerta,

    quisera a - m - a - r - t - e
mas nunca recebera.

minha vó partiu num dia azul de céu limpo.

                      eu fiquei
                  tão _{pequenina} quanto letra minúscula.

Quantas vezes ficamos parados olhando para o nada?

Ma (間), espaço e tempo.
pausa e vazio.

embrião.
o princípio.
Pequenino, oposto de

hipopotomonstrosesquipedaliofobia,

essa aversão de pronunciar palavras longas em público,
por medo de errar.

Sentei em nossa saleta, o suor debaixo do joelho, roçando no couro do sofá. Por que construíram esse cômodo? Era aqui que minha avó costurava ou era aqui onde minha mãe dormia? Não me lembro. Às vezes acho que tive poucas conversas com vó, sobre coisas reais. Mas esse sofá esteve aqui antes mesmo de minha existência, então agarro em sua madeira, aperto tão forte que o móvel pode sim segurar minha mão de volta e cá estamos, ligados pela presença invisível de meu clã.

Às vezes acho que esse espaço é lar de todos os espíritos da casa, eles ficam aqui, alguns gritando, outros só parados, mas todos espremidos nessa saleta, esperando a caminhonete do divino para serem levados ao além.

Eu fico até a madrugada voltar.

Sorri de volta quando o rapaz se aproximou de mim naquele boteco universitário. Meu cabelo solto; ele acariciando o topo de minha cabeça, olhos amendoados estreitos. Sorri mais uma vez e fechei o olho quando me perguntou:

Qual seu nome?
Pode escolher hoje.
Você tem cara de Ana.
Ana Carolina? Ana Paula?
Ana Saavedra.

Algumas caipirinhas e estávamos nós dois enroscados em uma cama de motel. Ele era bom de língua e eu era Ana Saavedra, poeta do norte.
    Ele, andarilho em mim, explorador de curvas e vibrador sem pausa.
    Pensei que seria o gozo mais intenso de minha vida, mas foi da dele.

    Seu corpo tremeu e me balançou por dentro. Me encolhi. Invadida na alma.

O que houve, Ana? Te machuquei?
Não, claro que não.
Você pode me falar o que quiser, porque...
Por que o quê?
Nunca senti isso.
Isso o quê?
Isso.

"Isso o quê?" continuou a latejar em mim enquanto ele virava para o lado e respondia uma mensagem no celular que não parava de apitar.

Trabalho num sábado à noite?
É, dá trabalho.

Virou o telefone para baixo e me cheirou.

Você tem um cheiro bom.

E aí veio uma gargalhada tímida e depois um sorriso escancarado, mas silencioso.

Foi engraçado para você?
Você me faz sorrir.
Por quê?
Porque você é linda.

Levantei com o gozo ainda escorrendo pelas pernas. Quantas camisinhas usei? Devo procurar pelas colchas?

Tô meio tonta, eu disse.

Ele lá, parado, ainda sorrindo.

Você é pura luz.
Não precisa forçar, respondi.
Ninguém nunca te disse isso?

Eu, na porta do banheiro, limpando minhas coxas com papel higiênico.

Eu sinto as cores.

Chapadíssimo.

E você é transmutação.

Voltei para a cama.

Me chupa.

Autoconhecimento. Minhas pernas tremeram num nível de trazer o melhor para fora. Senti seu sorriso quando agarrei seus cabelos e a energia do violeta me fez água solarizada.

Pensei em meu primeiro amor.

nunca soube se era menino ou menina,

    mas meu primeiro amor tinha a voz calma e falava espanhol

    morava no apartamento de cima de uma tia que me levou pruma "casa" de verão

    eu, filha de mãe desgarrada, quieta aos sete anos, sempre era escolhida para passeios com tias e estava emburrada porque pensava que teria um quintal, mas encontrei uma varanda telada e sem crianças por perto

    a tia, uma senhora de meia-idade, gostava de ter companhia quando fosse para o mar

    e a gente só ficava na praia entre 9h e 10h

    depois as horas se arrastavam

    com ela na cozinha das 10h30 às 12h

    depois almoço das 12h30 às 13h30

    ela, cochilo a tarde inteira, eu tédio em fantasia

    descobri meu primeiro amor quando ouvi uma canção saindo de seus pulmões

    mas a varanda era muito apertada e não conseguia ver ninguém de cima

    mas meu primeiro amor me via

    e eu me apaixonei porque o amor sempre jogava palitos de

fósforo coloridos

    e contava os números em espanhol até eu repetir e eu achava bonito quando meu primeiro amor falava *hola chica*

    fomos transliterados por uma semana

    eu com palavras aleatórias em português, desde paralelepípedo até rouxinol

    que meu primeiro amor tentava imitar

    e amor rindo quando eu simulava um *la playa*

    combinamos de nos encontrar na praia depois de quatro dias festivos, os mais alegres de minha vida, depois de aprender os números tanto em espanhol quanto em português, mas no dia marcado, quando eu estava pronta com meu maiô de peixinho verde-claro, gritei *Hola* da varanda, mas não ouvi passo algum

    minha tia veio apressada perguntando o que eu estava fazendo

    e eu apenas apontei para cima

    ah, eles foram embora de noite, acho que eram argentinos, voltaram lá pro país deles, a mãe que limpava aí em cima e deixava a criança na varanda pra não perturbar

    mas já se foram, graças a Deus
muito barulhentos
também acho que eram macumbeiros
tu ouvias um barulho de tambor e um cheiro de cachimbo?

    Não.

Vira e mexe vou à macumba e procuro meu primeiro amor.

A praia que nunca fomos.

As risadas de línguas distintas.

Ainda guardo meu maiô

Às vezes acho que sou aquele peixe da roupa

Que só tinha uma hora para amar o mar

e mesmo assim nunca pôde

nem subir à superfície

nem mergulhar

apenas olhar para cima

e imaginar

que o primeiro amor podia voltar.

Volta, era o que a minha ex alvoraçava pelas ruas

    eu fugia

    mas todos olhavam

    VOLTA, entre berros arfados

    gozos inacabados

    em que um dia achei que mergulharia

    Volta, sua puta desgraçada

Você não pode ir embora sem eu...

                                          corta para

FRENTE DA CASA DE VÓ – DIA

Há um muro de amarelo desbotado pela força intensa do valão da rua de trás. Quando chove inunda paredes e leva móveis. Minha avó está sentada em sua cadeira preferida, aquela reforçada em ferro e fios de plástico azul caneta Bic. Deveria ser para jardim, mas é usada para fofocar sobre a vizinhança, de tarde, nos portões. Estou sentada de short de algodão, com minha calcinha de She-Ra, queimando a popa da bunda; minha avó estoura plástico-bolha da geladeira nova de Nádia, nossa vizinha do lado. É essa vizinha que se achega trazendo suco de maracujá Maguary com muito açúcar. Arrasta um banco e senta ao lado de vó, desdobrando a outra parte do plástico-bolha. Bebemos o suco.

As duas ficam explodindo as borbulhas e eu conto as formigas vermelhas que marcham rumo ao ralo. Às vezes, coloco minha mão para que elas deem a volta. *Para onde vão buraco adentro?*

Ouço a mãe de Waguinho gritar com a filha e libero a passagem das formigas. "Desgraçada, eu vou te matar". Minha avó balança a cabeça em desaprovação. Ela empurra a menina de joelho ralado, que choraminga. Depois a puxa pelos cabelos. "Anda!"

"Desgraçada é palavra amaldiçoada, ninguém deveria falar."
"Por quê, vó?"
"Porque gruda carrapicho."
"Mas carrapicho só dá em mato."
"Flora, jamais permita que alguém te chame de desgraça.

Você é bênção solar. Não é desprotegida."

"E nem desvalida" – Nádia complementa.

"É uma palavra que dá arrepio ruim na vida", minha avó afirma estourando mais uma bolha.

"Tá" – mas não entendo.

                                              volta para

AQUELE DIA que Helena me perseguiu pelas ruas.

... socar sua cara desgraçada, filha da puta.

ira é ora arrebatamento ora vingança

um balançar de putrefação sonora

num vaivém acústico de firmeza negativa.

as relações partem.
nos subtraímos
forjados em rotinas
e compromissos.
outros aparecem
nos envolvem em alma ou em corpo
as relações sufocam
pretérito nada perfeito

muitas vezes não fui o que gostaria
carga em desatino.

Eu queria parar, a sensata da relação,
dar explicações sobre os sentimentos analíticos e psicana-
líticos.

Mas em meu ouvido a repetição de minha avó:
jamais versus dádiva brilhante

Helena quase me alcançando, mulher alta e energética
meu apavoramento de dor.
não quero me maquiar em roxo.
não mais.

Eu, solar de vó, pulando num bonde e vendo a face da mulher que achei que amaria por anos se desconstruir em um âmago de pesar e decepção.

Covarde! – foi a última palavra que ouvi entre dentes e sopro.

Não se volta em cidades em que sentimos um arrepio ruim de vida.

------ despontar ------

As violências que nos atravessam perfuram nossos filhos e o que seriam deles a não ser dores em extensão?

O olhar do meu pai; eu, prensada entre a porta, querendo entrada, e ele saída.

------ resistência -------

eu: pai, essa casa também é minha.

------dedicatória arquivada ------

ele: entra.

Nós dois nesse imbróglio, um labirinto de massacre nos peitos, hecatombe cardiomuscular, ceifa familiar.

------ performance ------

minha vó também me quer aqui.

um pé pra cá, outro pra lá.

mentira.

o pé dele pra cá, o pé dele pra lá.

verdade.

------- lembranças ------

uma alma carrega sussurros, a outra estouros.

Essa pedra solta no quintal me faz lembrar de Eydi. Mas também me faz lembrar de Anderson. De Ivy. De Tininha.

Todos os mortos me olham por frestas, tentando ver o quanto de vida eu ainda tenho. Se pulso uma ou duas categorias. Quantos batimentos por segundo num único corpo. eu e esse bebê-feto-ser-nada.

Às vezes todos os meus mortos parecem abarrotar uma sala. São tão circulares suas existências que nem o invisível é capaz de prever o tanto de energia que preenche o espaço. Toda essa vibração que destoa, e só me faz espirrar choro sobre aqueles que não vejo mais, exerce essa intensidade que nunca deixa de ser ausência.

Hoje ainda tenho medo de que os fantasmas possam me responder. Às vezes digo em voz alta: É você? Com medo da resposta, quantas vezes fugi da sala ao me deparar com a sensação de uma TV fora de sintonia sem ter televisão na sala? O que tentam me dizer?

Essa vida dentro de mim, um futuro morto?

Quanto mais eu espremo a dor, mais ela brota
Rasgante
Líquida
Rarefeita de ar
Intocável
Purulenta
Mas minha
Uma concha
Que sua
– na maior calma do mundo.

Meu pai nunca teve mancha de suor na camisa. Quando criança eu achava que ele tinha um desodorante invencível, mas a verdade é que ele não tem cheiro de nada. Magro, alto, acho que não dá tempo de seu corpo produzir sudorese porque seu líquido evapora antes mesmo de chegar a ser produzido. Como se suas enzimas fossem ansiosas e rápidas, um superpoder humano que ninguém nunca repara. A ausência de transpiração.

Ele nunca fez uma maratona, mas já o observei subindo trilhas íngremes e o máximo que vi foi um pedaço de cabelo umedecido, mas quando cheguei mais perto, já estava tudo seco. Ele não tem cheiro. Mesmo. Se todos os perfumes do mundo acabassem, eu não o reconheceria pelo olfato. Pode alguém ser isento de essência?

Esse homem inodoro está parado à minha frente. Seus olhos estão estreitos. Eu suo.

– O que faremos, Flora?

Eu respondo:

– Posso entrar?

Ele se esquiva. Eu passo. Subo os dois degraus que levam ao quarto de minha avó. Vou e volto. Chego com uma tesoura na mão.

Ele pisca sem entender nada.

Eu choro.

Choro cortando meus cabelos.

Choro de boca aberta
                como se perdesse as forças.

Ele nada faz.

Não sua.

Não se mexe.

Eu picoto meus cabelos longos como se estivesse nervosa cortando um papel importante.

Quando estou prestes a esburacar minha futura franja ele me dá um tapa na cara.

A tesoura cai.

Eu choro pra dentro.

Não caio.
Deslizo pelo ar como se o tempo fosse câmara secreta que impede a respiração.
Ele sobe os dois degraus que levam ao quarto de minha avó.
Vai e volta. Chega sem uma tesoura na mão.
A manta da minha avó em outra palma.
Eu me cubro e fico ali, tremendo e ainda de boca aberta, chorando.

Meu pai inolente.

– Dorme na sua vó. Amanhã conversamos.

Quando o amanhã vem e eu desperto, ele não está mais lá. Encontro um bilhete em cima da cômoda de vó. Eu ainda estou com a manta, não tem cheiro dela, não tem cheiro dele. Tem a presença de um amaciante forte e a maciez de um sono que me fez acordar atenta. Desdobro o bilhete.

"Você está grávida?"

como ele sabe?

A partir de então os dias são bilhetes.

Eu não saí do quarto. Não conseguia levantar da cama. A força da manta de vó me segurava. Ele não aparecia de dia. Voltava à noite. Deixava comida, água e uma frase escrita. Eu só me levantava para ir ao banheiro, mastigava por cinco minutos, escrevia outras frases e voltava a dormir.

"Alguém fez isso contra sua vontade?"

Vontade?

Eu não sabia responder às perguntas do meu pai. Ficava o dia inteiro pensando nas respostas, no poder que as palavras dele tinham sobre mim, no sentido das perguntas, na confusão emaranhada que o caminho tinha me levado até ali, até o ponto imbricado de ter mais reticências do que afirmações.

A cada nova pergunta eu me vi imprimindo um certificado de ouvinte e não participante da vida.

Até que ele me fez a seguinte pergunta:

"Você quer tirar esse bebê?"

"Que bebê?"

Se fosse um bebê eu não teria coragem de nada. Chorei novamente por dois dias e não respondi mais ao meu pai. Quando ele trazia comida e água eu estava deitada como um neném, pensando em quão cruel eram meus pensamentos, na quantidade de culpa a se carregar por toda uma vida.

Eu não matava bebês nem deixava que ninguém matasse. Eu nunca exterminava filhotes, nem deixaria morrer peixinho algum. Eu estava ali, presa naquela manta, segura de que os dias aumentavam como se o bebê existisse, mas que bebê conseguiria sobreviver àquele choro, àquela mágoa de anos, àquele aniquilamento emocional que já apertava e se exprimia, já se preparando para fatalidades e angústias?

Pode alguém chorar por tantos dias?
Não sei.
No quinto dia, meu pai sentou na cama.
Parecia confuso.
Meus olhos eram bolas escarlates que queimavam.

– Não pode ficar assim, Flora. Faz mal pro bebê.

– Mas de que bebê você está falando? – sussurrei.

Pela primeira vez em anos o olhar do meu pai se compadeceu.

Eu era pele e choro, descartável de qualquer aproximação e conforto.

– Tudo bem.

Não. Não. Não. Não. Não. Não. Não. Não. Não. Não. Não. Não.
Não. Não. Não. Não. Não. Não. Não. Não. Não. Não. Não. Não.
Não. Não. Não. Não. Não. Não. Não. Não. Não. Não. Não. Não.
Não. Não. Não. Não. Não. Não. Não. Não. Não. Não. Não. Não.
Não. Não. Não. Não. Não. Não. Não. Não. Não. Não. Não. Não.
Não. Não. Não. Não. Não. Não. Não. Não. Não. Não. Não. Não.
Não. Não. Não. Não. Não. Não. Não. Não. Não. Não. Não. Não.
Não. Não. Não. Não. Não. Não. Não. Não. Não. Não. Não. Não.
Não. Não. Não. Não. Não. Não. Não. Não. Não. Não. Não. Não.
Não. Não. Não. Não. Não. Não. Não. Não. Não. Não. Não. Não.
Não. Não. Não. Não. Não. Não. Não. Não. Não. Não. Não. Não.
Não. Não. Não. Não. Não. Não. Não. Não. Não. Não. Não. Não.
Não. Não. Não. Não. Não. Não. Não. Não. Não. Não. Não. Não.
Não. Não. Não. Não. Não. Não. Não. Não. Não. Não. Não. Não.
Não. Não. Não. Não. Não. Não. Não. Não. Não. Não. Não. Não.
Não. Não. Não. Não. Não. Não. Não. Não. Não. Não. Não. Não.
Não. Não. Não. Não. Não. Não. Não. Não. Não. Não. Não. Não.
Não. Não. Não. Não. Não. Não. Não. Não. Não. Não. Não. Não.
Não. Não. Não. Não. Não. Não. Não. Não. Não. Não. Não. Não.
Não. Não. Não. Não. Não. Não. Não. Não. Não. Não. Não. Não.
Não. Não. Não. Não. Não. Não. Não. Não. Não. Não. Não. Não.
Não. Não. Não. Não. Não. Não. Não. Não. Não. Não. Não. Não.
Não. Não. Não. Não.

 Ele não pode me tocar.
 Ninguém pode.

Durou uma semana. Intrêmula. No oitavo dia, me levantei. Estava uma noite morna. A manta da minha avó caída no chão quando abri os olhos. Um recado do além dizia que minhas ancestrais estavam comigo. Eu seria vingada. Como eu tinha certeza, não sei.

Caminhei até o banheiro, lavei o rosto, parecia não ter pálpebra depois de tanto chorar. Inspirei e expirei perto do vaso sanitário, aquele cheiro de Pinho Sol.

Do lado da comida da noite havia um comprimido de Cytotec. O comércio ilegal do medicamento abortivo misoprostol no Brasil e a quantidade de mulheres que fazem uso sozinhas. Não sou da raça branca. Amostragem urbana. As práticas e os percursos adotados. A extensão documental e os detalhes das histórias. Eu tenho tanto medo. Regime, dose. Uso oral, aplicador vaginal. Deambulação para alívio de dor. Engoli. Bebi água. Deitei-me, fechei os olhos.

Todas as mulheres da família me olhavam.

Dormi.

Para que outro nasça, talvez um tenha que morrer.

a dor veio de madrugada.

acordei com alguém me esfaqueando.
depois recebi socos.
me espremeram e me contorceram.
mordida interior.
pauladas com arame farpado.
unhas que abriram minha barriga.
ferroada interna.
guilhotina pele adentro.

e quando achei que ia respirar.
me queimaram
cáustica
queda
e
perda.

aí veio o ódio.

Num universo paralelo, desdobro o tempo e te proporciono uma morte sanguinária, eu, que tantas vezes fui dolor.

Te rasgo em pedaços, embrião, e me revolto por ainda permanecer em mim, tão forte como trovão no céu em tempestade.

Mas eu, sou mais, então te mato. uma. duas. três vezes. e quando vejo você, expelido e torto em minhas mãos, aquilo que dizem que não sente nada, eu, que nada mais sou do que uma menina perdida num banheiro fosco,

prometo

que nunca mais farei isso, que essa dor da morte é a dor do meu fim. Desse eu que não quero mais. Do fim da menina que um dia quis tanto ser, o gran finale de um filme de terror.

eu, exausta
te peço

mil desculpas

por algo que poderia ter sido,
mas não fui.

E você, inerte em mim, me fez ter certeza que você sentiu sim.

Você sentiu a morte em seu pequeno corpo que um dia poderia ter sido existência, mas que de mim apaguei.

Você sentiu sim.

Todas nós sentimos.

O quanto de tristeza alguém pode produzir durante apenas um mês e alguns dias?

    dissipação, um buraco sem fim. as pernas tremem. não tenho forças. coloco um absorvente noturno longo, encolhida, não consigo me tocar, minha vagina – um rasgo enorme por dentro, um útero chicoteado, há tanto sangue, preciso colocar um edredom embaixo de mim, mas como, não consigo me mexer; meus olhos secos, esbugalhados, arrependidos; dor e falta.

    nunca. nunca mais farei isso.

    Um dia...

    ... quem faria tricô para esse bebê?

Me sinto cruel em relembrar.

Não me sinto.

Quem fez isso não fui eu. Mas foi.
O meu passado deseja
o futuro que desdobra qualquer esperança.

Cá estou ainda a segurar o embrião nas mãos,

um filete de algo que parece uma pequena fada.

Mas não há brilho.

Abro a tampa do vaso.

Não consigo ver boiar um pedaço de mim que julgava ser nada e agora é tudo que de mim brota. No segundo após, depois de vê-lo, eu queria…

… você poderia voltar atrás e fazê-lo reviver?

Então fecho os olhos e dou descarga. Caio no chão e toda aquela secura me transborda uma tromba d'água nessa cachoeira que emerge do meu ventre e me expulsa da cabeceira do rio.

A temporada de verão se foi. Esse aumento repentino das águas não me faz banhista. Nesta corrente de retorno não me livro do afogamento.

Quando encosto no vaso não sinto cheiro. Nem alívio. Algo foi destrancado. Me sinto solta, não livre, mas presa, como um objeto a balançar dentro de uma caixa, sem peças, desmontada.

Nada mais faz sentido porque nunca teve sentido algum. Algumas coisas que escolhemos passar não são medidas em palavras impressas. Mas a força da oralidade é o pacto do infinito.

Peço licença ao que passou e repito em voz alta o que estava entalado desde que toquei o embrião: Isso nunca mais.

E com essa frase batendo na minha cabeça deixei a casa da minha avó, bati o portão não com força porque eu mal conseguia caminhar firme.

Quando meu pai veio e olhou pela janela, espiando pela cortina, eu levantei a mão e quase fiz um tchau, mas minha mão apenas ficou parada e ali tive a certeza de que nunca mais o veria. O levantar e abaixar de minha palma era minha despedida.

E estava tudo bem.

Nunca mais o vi.

Demorou uns quinze dias até eu conseguir andar direito. Fui ao ginecologista, ele passou exames. Nada físico tinha acontecido de alarmante. Mas me escoltava o vazio. A desconexão. O fim de um trilho naquele trem que me acompanhava.

No meu retorno de Saturno meu pai já tinha morrido, alguém me disse. Não senti nada quando soube. Sempre volto à casa da minha avó quando lembro dos rastros que pulei, passo em frente e aceno para meus fantasmas. Algumas vezes eles acenam de volta, outras continuam apenas me observando.

Da última vez havia uma família vivendo lá com uma menininha parecida comigo. Foi ela quem me acenou.

Talvez a vida seja esse eterno olhar para a alma do outro, em busca de conexão e reencontro. Mas muitas vezes só sentimos essa dimensão em movimento quando destrancamos nossas vozes e elas não mais gritam, mas sussurram pistas de conforto.

No meu mundo especulativo ouço a voz de uma menininha "A – BA – CA – Xiiiii" toda vez que há um clique na câmera. Ela sorri, mas sempre olha para a diagonal, ou para cima, ou para o lado oposto à lente. Talvez não queira ter a alma capturada porque sabe que a mãe já teve algo quebrado um dia.

    Dizem que carregamos nossas dores no canto das unhas e quando elas crescem algumas vezes podemos ver o branco delas perto das cutículas. Algumas pessoas pintam de vermelho, outras de francesinha. Mas está lá, de uma geração para outra.

    Também no meu futuro sou atravessada pela morte quando vou parir essa menininha. Quando acho que ela vai me matar, me lembro da temporada de verão e das mulheres da casa da minha avó, me olhando. Estão todas lá também e fico com a sensação de que estão gritando comigo. Berram sufocadas; emudecidas, mas fortes e silenciosas. Querem explodir meu corpo. Querem me desprender e arrebatar essa menina de mim.

    Procuro entre elas a fada que um dia esteve em minhas mãos. Esgueiro o pescoço, sinto um puxão, a dor me arranca para o baixo central do mundo e quando acho que talvez essa fada esteja ali sim, não consigo mais, fecho os olhos. Sinto o peso das mãos de todas as mulheres de minha família me agarrando, me abafando, prendendo na atmosfera o meu corpo.

    não consigo respirar.

    estou abaixo do mar e um oceano familiar em cima de minha cabeça.

    não há cheiro na morte.

    quando volto a mim estou no meio de um portal aquático, segurando a pressão com minhas duas mãos para que nada caia sobre minha barriga, mas o fluir das águas é tão vasto que nada sou do que um peixinho marinho a querer dominar a imensidão.

    então a vejo.

    a pequena fada brilha. ela abre e fecha os olhos.

    como eu sempre desejei, igual ao minuto anterior de arrependimento quando ela foi expelida de mim morta.

me perdoa?
ela então lembra e grita.

nesse pélago de familiaridades, toda a ancestralidade uiva e me afunda.

quando acho que realmente me afoguei, algo me puxa.
respiro.
sinto-me solar.

o círculo de fogo.

borbulhando entre minhas pernas, me levitando.

Sou força e braveza. Uma combustão selvagem. Ninguém vai tirar essa menina de mim. Isso nunca mais.
Sou disparo, resplendor. Agora ouço os gritos, meus gritos, metade loba, metade raposa, sobrevivente selvagem. Ardor e vivacidade.
Estou pronta para tudo. Não, você não vai mais me levar.

Então, no porvindouro, eu sinto a menininha me atravessar. Ela escorre, mas não deságua. Ela, o cheiro mais delicioso do mundo, abre e fecha os olhos, como se soubesse que eu desejei esse movimento mais do que tudo. Ela não chora. Por que haveria? Dessa vez, ela há de ficar.
Ela sente. Todas nós sentimos.

CARA LEITORA, CARO LEITOR

A **Cachalote** é o selo de literatura brasileira do **Grupo Aboio**. Lemos, selecionamos e editamos com muito cuidado e carinho cada um dos livros do nosso catálogo, buscando respeitar e favorecer o trabalho dos autores, de um lado, e entregar a vocês, leitores, uma experiência literária instigante.

Nada disso, portanto, faria sentido sem a confiança que os leitores depositam no nosso trabalho. E é por isso que convidamos vocês a fazerem cada vez mais parte do nosso oceano!

Conheçam nossos livros pelo site aboio.com.br e sigam nossos perfis nas redes sociais. Teremos prazer em dividir com vocês todos nossos projetos e novidades e, é claro, ouvir suas impressões para sempre aprendermos como melhorar!

Embarque e nade com a gente.

Cada livro é um mergulho que precisa emergir.

APOIADORAS E APOIADORES

Agradecemos às **253** pessoas que confiaram e confiam no trabalho feito pela equipe da **Cachalote**. Sem vocês, este livro não seria o mesmo.

A todos os que escolheram mergulhar com a gente em busca de vozes diversas da literatura brasileira contemporânea, nosso abraço. E um convite: continuem acompanhando a Cachalote e conheçam nosso catálogo!

Adriana Carneiro
Adriana Jordão
Adriana Takada
Adriane Figueira Batista
Alexander Hochiminh
Alexandre dos Santos
Alexandre Magalhães da Silva
Aline Gonçalves
amanda santo
Ana Carolina Ramos
   de Carvalho
Ana Maiolini
Ana Maria de Sá Bastos
André Balbo
André Pimenta Mota
Andreas Chamorro
Anna Martino
Anthony Almeida
Antonio Arruda
Antonio Pokrywiecki
Ariele Beatriz Soares Teixeira
   de Lemos Fernandes Ferro

Arman Neto
Arthur Lungov
Aza Njeri
Beatriz Lima do Prado
Beatriz Mayumi
   Wasano Misaki
Beatriz Rodrigues de Mello
Bianca Monteiro Garcia
Bruna de Fátima
Bruno Coelho
Bruno Ferrari
Caco Ishak
Caio Balaio
Caio Girão
Caio Maia
Calebe Guerra
Camilla Loreta
Camilo Gomide
Carla Guerson
Carla Méri Santos da Silva
Carla Ribeiro
Carolina Duarte

Carolina Motta
Cássio Goné
Cecília Garcia
Cintia Brasileiro
Clarice Maria Silva Campos
Clarisse Rosa Dias de Jesus
Claudina Nunes
    de Souza Oliveira
Claudine Delgado
Cleber da Silva Luz
Crissia Soares
Cristhiano Aguiar
Cristina Machado
Daniel A. Dourado
Daniel Dago
Daniel Giotti
Daniel Guinezi
Daniel Leite
Daniel Longhi
Daniel R. De Castro
Daniela Rosolen
Danilo Brandao
Darllan Almeida de Oliveira
Dayane Almeida de Carvalho
Déborah Klinger
Denise Lucena Cavalcante
Dheyne de Souza
Diogo Mizael
Dora Lutz
Edilene Santos Portilho
Eduardo Rosal
Eduardo Valmobida
Elaine Cristina da Silva Esteves
Elaine Rodrigues

Eliane Saraiva Ferreira
Elis N. Hirata Horie
Eloan Alves Falante
Enzo Vignone
Fabianna Tavares
Fábio Franco
Febraro de Oliveira
Felipe Fanuel
Felipe Leibold Leite Pinto
Fernanda Kelly Fernandes
    de Souza da Silva
Fernanda Malatesta Pereira
Fernanda Rodrigues Lemos
Flávia Braz
Flávio Ilha
Francesca Cricelli
Frederico da C. V. de Souza
Gabo dos livros
Gabriel Cruz Lima
Gabriel Stroka Ceballos
Gabriela Machado Scafuri
Gabriela Maia
Gabriela Sobral
Gabriella Martins
Gael Rodrigues
Giovanni Ghilardi
Giselle Bohn
Guilherme Belopede
Guilherme Boldrin
Guilherme da Silva Braga
Gustavo Bechtold
Hanny Saraiva
Henrique de Sá Bastos
Henrique Emanuel

Henrique Lederman Barreto
Herbert Heck
Iris Yan
Isabella Yoshimura
Isadora Cristal Escalante
Ivan Jorge Rodrigues
    de Oliveira
Ivana Fontes
Jadson Rocha
Jailton Moreira
Jaqueline de Moraes Pereira
Jefferson Dias
Jessica Ziegler de Andrade
Jheferson Neves
João Luís Nogueira
Jorge Verlindo
Júlia Gamarano
Julia Ivantes
Júlia Vita
Juliana Costa Cunha
Juliana Slatiner
Júlio César Bernardes Santos
Karen Kawana
Laís Araruna de Aquino
Lara Galvão
Lara Haje
Laura Redfern Navarro
Leila Guenther
Leitor Albino
Leonam Lucas Nogueira
Leonardo G. P. Silva
Leonardo Pinto Silva
Leonardo Zeine
Lili Buarque
Lisa Meoã Santos Lyra
Lívia Lemos Duarte
Lizane Brito Villas
Lolita Beretta
Lorenzo Cavalcante
Lucas Ferreira
Lucas Lazzaretti
Lucas Lima
Lucas Marques Xavier
    Dias Laport
Lucas Verzola
Luciana Marques
Luciano Cavalcante Filho
Luciano Dutra
Luis Araújo
Luis Cosme Pinto
Luis Felipe Abreu
Luis Fernando Bruno
Luísa Machado
Luiz Daniel dos Santos Silva
Luiza Leite Ferreira
Luiza Lorenzetti
Luiza Reis Firmino
    Souto da Cunha
Luiza Sada Uehara Tamashiro
Mabel
Magna Domingues
Maíra Thomé Marques
Manoela Machado Scafuri
Marcela Roldão
Marcelo Conde
Marcelo Monteiro
Marco Bardelli
Marcos Vinícius Almeida

Marcos Vitor Prado de Góes
Maria de Lourdes
Maria Fernanda Vasconcelos
    de Almeida
Maria Inês dos Santos Carreira
Maria Inez Porto Queiroz
Maria Luíza Chacon
Maria Marcia Muniz
Mariana Donner
Mariana Figueiredo Pereira
Mariana Lemos Duarte
Marianna de Sousa
Marilene Barbosa Mixo
Marilia de Souza Moreira
Marina Leroy Alves Matos
Marina Lourenço
Marina Yukawa
Marisa Maia de Mello
Mateus Borges
Mateus Magalhães
Mateus Torres Penedo Naves
Matheus Picanço Nunes
Mauro Paz
Mazé Mixo
Mikael Rizzon
Milena Martins Moura
Mônica da Silva Verdam
Morgana Silva
    Larotonda Caetano
Natalia da Silva Candido
Natalia Timerman
Natália Zuccala
Natan Schäfer
Nayane Gentil Ferreira
Neide dos Santos Alves Alegrio
Otto Leopoldo Winck
Paula da Rocha Leão Reis
Paula Luersen
Paula Maria
Paula Roméro Cajaty Lopes
Paulo Scott
Pedro Torreão
Pietro A. G. Portugal
Plinio Filippi
    da Rocha Sampaio
Priscilla Gomes
Rafael Atuati
Rafael Mussolini Silvestre
Raphaela Miquelete
Raphaela Rodrigues
Raquel Lima
Renan Machado Souza e Mello
Renata Naomi Watanabe Naka
Renato Pereira Lima
Ricardo Kaate Lima
Ricardo Pecego
Rita de Podestá
Rodrigo Barreto de Menezes
Rodrigo Leão
Rodrigo Ratier
Rosa Zanker
Rosemary Batista do Carmo
    de Andrade e Silva
Samantha Andrade da Rosa
Samara Belchior da Silva
Sergio Mello
Sérgio Porto
Silvio Cezar de Souza Lima

Tadeu Lima de Souza
Thais Arantes Lins
Thais Fernanda de Lorena
Thales Silva
Thassio Gonçalves Ferreira
Thayná Facó
Tiago Moralles
Tiago Velasco
Valdir Marte
Vanessa Santos de Andrade
Verônica Haysa Yamada
Victoria Rebello
Weslley Silva Ferreira
Wibsson Ribeiro
Willy Figueiredo Carneiro
Yuri Ferreira Fonseca
Yvonne Miller

EDIÇÃO Camilo Gomide
CAPA Luísa Machado
REVISÃO André Balbo
PROJETO GRÁFICO Leopoldo Cavalcante

PUBLISHER Leopoldo Cavalcante
EDITOR-CHEFE André Balbo
ASSISTÊNCIA EDITORIAL Gabriel Cruz Lima
DIREÇÃO DE ARTE Luísa Machado
COMERCIAL Marcela Roldão
COMUNICAÇÃO Luiza Lorenzetti e Marcela Monteiro

GRUPO
ABOIO

ABOIO EDITORA LTDA
São Paulo — SP
(11) 91580-3133
www.aboio.com.br
instagram.com/aboioeditora/
facebook.com/aboioeditora/

© da edição Cachalote, 2025
© do texto Hanny Saraiva, 2025

Todos os direitos reservados. Nenhuma parte desta obra pode ser reproduzida, arquivada ou transmitida de nenhuma forma ou por nenhum meio sem a permissão expressa e por escrito da Aboio.

Grafia atualizada segundo o Acordo Ortográfico da Língua Portuguesa de 1990, que entrou em vigor no Brasil em 2009.

Dados Internacionais de Catalogação na Publicação (CIP)
Bruna Heller — Bibliotecária — CRB10/2348

S243a

    Saraiva, Hanny.
        Ainda me faltam dias / Hanny Saraiva.– São Paulo, SP: Cachalote, 2025.

        80 p., [14 p.] ; 14 × 21 cm.

        ISBN 978-65-83003-61-4

    1. Literatura brasileira. 2. Romance. 3. Ficção contemporânea. I. Título.

                      CDU 869.0(81)-31

Índice para catálogo sistemático:
1. Literatura em português 869.0.
2. Brasil (81).
3. Gênero literário: romance -31

Esta primeira edição foi composta em Adobe Caslon Pro e Martina Plantijn sobre papel Pólen Bold 70 g/m² e impressa em julho de 2025 pelas Gráficas Loyola (SP).

A marca fsc® é a garantia de que a madeira utilizada na fabricação do papel deste livro provém de florestas que foram gerenciadas de maneira ambientalmente correta, socialmente justa e economicamente viável, além de outras fontes de origem controlada.